神奇柑仔店3

誰需要除皺酸梅

文 廣嶋玲子　圖 jyajya　譯 王蘊潔

目錄

逆襲
薑汁汽水
大入
結緣飯糰
沒錯仙

序章

昏暗的小巷內有一家店，大大的招牌上寫著「錢天堂」幾個字。

突然有什麼東西穿過那家店的牆壁，從店裡溜了出來。雖然看起來像是有著一對大翅膀的蟲子，但牠卻有一條像蜥蜴般的長尾巴，而且全身都是黑色的，有一雙圓圓的大眼睛。

那隻黑色蟲子悄然無聲的滑進了小巷深處，一直沿著巷子的暗處走。但是來到大馬路上，轉過幾個街角後，那隻蟲子就被抓住了。

一個七歲左右的少女以迅雷不及掩耳的速度揮動著捕蟲網，她的個子嬌小，穿了一件黑底上有滿滿紅色彼岸花圖案的和服，一頭深藍色的頭髮剪成妹妹頭，皮膚晶瑩潔白。

她的臉像洋娃娃一樣可愛，但總讓人覺得哪裡不太對勁——她全身上下散發出難以形容的可怕感覺，彷彿就像是一隻有著小孩子外形的其他生物。

她動作俐落的把在網子裡掙扎的蟲子放進蟲盒後，用舌頭舔了一下嘴脣，那鮮紅色的嘴脣就好像是一隻野獸。

「又抓到一隻……。呵呵呵！太開心了，不知道這傢伙會變成什麼零食。」

那個少女用像老婆婆般嘶啞的聲音嘀咕完，開心的邁開步伐。

一個穿和服的少女拿著捕蟲網和蟲盒，蹦蹦跳跳的走在街上，照理說應該很引人注目，但路上的行人全都沒有看她一眼，好像根本看不到她一樣。

這時，少女突然停下了腳步。

一個男人迎面走來。他很年輕，穿著西裝，看起來像普通的上班族，但他的表情很陰沉，眼中充滿了憤怒。

咻嚕。

少女又舔了一下嘴唇，擋在男人面前。

「這位哥哥，打擾一下，請問你怎麼了？為什麼一臉陰沉的表情？看起來心情很不好，要不要說說看，我會洗耳恭聽。」

少女的聲音雖然很沙啞，卻又帶著嗲聲，她在輕聲細語的同時，拉起了男人的手。男人嚇得抖了一下，但馬上像中了魔法似的動彈不得。

接著，少女的眼前浮現了一片景象。

那是在某家公司的辦公室，辦公室內有幾張辦公桌，還有電腦和資料，有幾個人正忙碌的工作著。

其中一個年紀三十多歲，看起來很英俊的男人，露出為難的表情對著她的方向說話。

「我說綿貫啊，你上次交的報告又出錯了，拜託你在交報告之前，可不可以先看一遍，仔細檢查一下？」

接著，場景變了。還是在同一個辦公室，一個看起來像是上司的女人出現。那個女人火冒三丈，對著少女的方向大發雷霆。剛才那個英俊的男人拚命安撫她的情緒，「真的很抱歉，我會好好指導綿貫，不會再犯相同的錯誤。」

場景再次改變。那個英俊的男人和幾個同事在一起談笑風生。

他拿出一張女孩的照片向大家炫耀：「你們看，是不是很可愛？簡直想把她吃進嘴裡。即使她長大了，我也絕對不讓她出嫁。」

「嗯，這樣就足夠了。」

少女鬆開了手，抬頭看著眼前的男人。男人仍然愣在原地。

少女對他露齒一笑問：

「你是不是非常痛恨那個傢伙？」

「啊？」

男人低頭看著少女，好像現在才發現她站在那裡，然後緩緩點了點頭。

「嗯……對，我痛恨他。」

這時，男人突然張大了眼睛。

「他是我公司的前輩，王八蛋，自以為很厲害，還把我臭罵一頓，算什麼東西啊！他只不過就是長得稍微好看一點，工作能力也稍微好一點，就得意忘形了……我比他厲害多了！他整天炫耀自己的女兒，看了就礙眼！我想折磨他！想要讓他吃點苦頭！」

少女聽到男人這些醜惡的話，開心的笑了起來。

「既然這樣，只要你來我店裡，一定可以實現心願。嗯，我們店裡有很多可以為人實現這種心願的商品，這位先生，你真是來得早不如來得巧啊。」

少女說完，拉著男人的手走進旁邊的小巷子。

小巷子前方有一家店，那是一家黑色竹子和白色灰泥建造的日式房子。掛在門口的深藍色布簾上，用白色的字寫著「倒霉堂」。

1 貘貘最中餅

信孝坐在公車上，他正準備去醫院。剛才接到電話通知，女兒真理惠住院了，所以他馬上離開公司，直奔醫院。

雖然已經準備去醫院看女兒了，但他仍擔心不已。

剛滿四歲的真理惠是信孝眼中舉世無雙的寶貝，他對女兒的愛，真的是含在嘴裡怕化了，捧在手裡怕摔了。

不過這幾個星期以來，可愛的女兒一直被惡夢糾纏。

她每天晚上都做惡夢，夢境中一直有可怕的東西在追著她，或是會把她踩扁，甚至把她吃掉。

所以，真理惠現在很怕睡覺，即使好不容易入睡，也會立刻發出尖叫聲，整個人從床上跳起來。她的氣色越來越差，身體也一天比一天消瘦，這次應該也是因為睡眠不足的關係才會住院。

信孝覺得女兒實在太可憐了，如果自己能夠代替女兒承受這些痛苦，不知道該有多好。

話說回來，真理惠為什麼會整天做惡夢？每個人或多或少會做一、兩個惡夢，但真理惠卻每天都會做惡夢，未免太奇怪了。無論怎麼想，都覺得一定有什麼問題。但她並沒有經歷過什麼可怕的事，信孝也從來沒有讓她看過恐怖片，到底為什麼會做惡夢呢？

信孝最近因為擔心女兒，甚至無法專心工作。今天工作時還因為疏失，被老闆罵了一頓。

信孝想，必須設法解決這個問題才行。但到底該如何解決呢？

當他悶悶不樂，為這件事煩惱時，突然聽到有人對他說話。

「你好像在為什麼事傷神。」

信孝回頭一看，是一個身穿和服，看起來很高大的女人坐在他後面的座位上。雖然一頭白髮，但臉蛋看起來很年輕，正露出神祕

飲食和睡眠
都很重要

的笑容看著信孝。

信孝嚇了一跳。這到底是怎麼回事？他覺得自己的身體好像被人用力固定住一樣。

女人繼續笑著對他說：

「你想不想解決內心的煩惱？……如果你有興趣，要不要去我的店裡看一下？別緊張，不會占用你太多時間。我的店就在下個車站旁邊。」

「不、不用了，我要去醫院……」

那個女人目不轉睛的看著信孝。信孝只覺得腦袋一陣昏沉，當他回過神時，發現自己已經下了公車。

他跟著那個女人走進一條昏暗的窄巷，那裡有一家小柑仔店，擺放著許多真理惠應該會很喜歡的零食，那些零食都發出閃亮亮的光芒。

女人轉身對他說：

「幸運的客人，歡迎您光臨錢天堂，請問您的煩惱是什麼？我是老闆娘紅子，有任何需要都儘管吩咐。」

信孝突然覺得這裡可能有自己想要的東西。

「有沒有可以消除惡夢的東西？」

信孝戰戰兢兢的問，沒想到老闆娘用力點了點頭。

「嗯，這樣的話，『貘貘最中餅』應該是最適合的。」

老闆娘說完，從後方的盒子裡拿出一個最中餅。

小金幣形狀的最中餅看起來很好吃，金褐色表面有一個奇怪的動物。牠有四隻腳，有點像神獸狛犬，身上還有像大象一樣的長鼻子和獅子般的鬃毛。

「這就是『貘貘最中餅』，裡面有專門吃惡夢的神獸貘靈力。只要吃了之後，任何惡夢或是可怕的夢都會消失不見。」

信孝倒吸了一口氣。就是這個，這就是自己——不，是真理惠目前最需要的東西！

「我、我要買！」

即使老闆娘說這個要花一百萬，自己也一定照買不誤！信孝激動的從皮包裡拿出皮夾，原本放在皮包裡的真理惠照片不小心掉了出來。

老闆娘撿起照片。

「啊喲，這個小女孩真可愛。」

「謝謝，她是我女兒，剛滿四歲。」

「是嗎？小孩子現在是最可愛的時候，但是……她真是可憐啊。」

「啊？」

「令千金被人詛咒了。」

「你……」

信孝原本想說「你在說什麼鬼話！」但他一看到老闆娘的臉，就發不出任何聲音。

信孝突然想通了一件事——老闆娘說的是實話！

「詛……詛咒嗎？有人詛咒真理惠嗎？」

「對，我從這張照片中可以感受到不好的邪氣，該不會就是她會做惡夢吧？」

「沒、沒錯，她最近突然開始做惡夢，而且是每天晚上！但……但是怎麼可能會有人詛咒她呢？真理惠才四歲？誰會這麼痛恨她！」

「人的憎惡和恨意往往來自意想不到的地方。」

老闆娘淡淡的說。

「對會詛咒別人的人來說，即使對方是小孩子也不會放過。嗯，這個詛咒應該和我們家的零食無關，我想，可能是倒霉堂的『稻草人形燒』，或是……」

老闆娘喃喃咕咕的自言自語著，信孝已經聽不到她的聲音，他的內心燃起了熊熊怒火。

「是誰！這是誰幹的！竟然詛咒真理惠，我絕對不能原諒！我要復仇！我一定要找到這個人，然後好好痛扁這個傢伙一頓！」信孝在心裡吶喊著。

信孝用力握緊拳頭。

「咦？」老闆娘似乎是覺得很有趣而驚叫一聲，「很少遇到這種情況，看來你好像又有了新的願望。而且這個願望很強烈，比原先的願望有過之而無不及。請問你想報仇嗎？」

「當然啊！」

「我也可以為你完成這個願望。」

老闆娘靜靜說完後，從店後方的小冰箱內拿出一個玻璃瓶。它的外型像彈珠汽水瓶，瓶子裡裝滿了金色液體，老闆娘輕輕搖了一下，瓶子裡冒出紅色氣泡，好像燃燒的火焰一樣。

「這是『逆襲薑汁汽水』，可以找出攻擊自己的人，然後向對方報仇。效果當然絕對有保證，只要喝了這瓶汽水，就可以實現你的願望。」

信孝聽了老闆娘小聲對他說的話，雙眼都亮了起來。

只要有這瓶汽水，就可以痛宰折磨真理惠的傢伙！這個當然也非買不可。

不過，沒想到當他伸出手想要拿那瓶汽水時，老闆娘竟說出信孝意想不到的話。

「所以你決定購買『逆襲薑汁汽水』，不要買『貘貘最中餅』嗎？」

「啊？」

信孝用力眨了眨眼睛，他聽不懂老闆娘說的意思。老闆娘緩緩對他說：

「在本店無法同時購買兩件商品，你只能在『逆襲薑汁汽水』和

『貘貘最中餅』中挑選一樣。」

「這、這……」

信孝著急起來，他拚命拜託老闆娘把兩樣東西都賣給他，但老闆娘就是不答應。

信孝發出低吟，他瞪著眼前的兩件商品——貘貘最中餅和逆襲薑汁汽水，只能挑選其中一個。

「逆襲薑汁汽水」吸引他著，他想要報復詛咒真理惠的傢伙，這種激動的心情無法平靜。只要有了這瓶逆襲薑汁汽水，就可以完成這個心願。

但是……

雖然有點不捨，但信孝最後還是將視線移向貘貘最中餅。真理惠真正需要的是貘貘最中餅。雖然有了逆襲薑汁汽水就可以教訓詛咒真理惠的元凶，但未必能夠消除真理惠的惡夢。還是買貘貘最中餅吧，這才是自己該買的東西。

他終於下定了決心。

「我要買『貘貘最中餅』。」

「好，五十元。請你付五十元。」

信孝看了零錢包，裡面剛好有一枚五十元硬幣。他把硬幣交給老闆娘，她開心的說：

「今天的寶物是昭和（註）六十年的五十元，我收下了，那這個就是你的了。」

老闆娘用漂亮的櫻花色紙把貘貘最中餅包了起來，遞給信孝。

信孝小心翼翼的把最中餅放進皮包，老闆娘突然說：

「這位先生，你是不是還有一點遺憾？」

「啊？」

「你是不是還是覺得應該買逆襲薑汁汽水？」

老闆娘說對了。信孝忍不住漲紅了臉，老闆娘笑著對他說：

「詛咒或是對別人作的法術一旦遭到破解，就會回到始作俑者身上。本店的貘貘最中餅一定可以破解令千金身上的詛咒，到時候會怎麼樣……相信你已經猜到了。」

「啊？」

「你買貘貘最中餅是正確的決定。謝謝惠顧。」

老闆娘鞠躬道謝的同時，信孝突然覺得眼前一暗。

嘎登。

信孝的身體用力搖晃了一下。他回過神後，嚇了一大跳。

他發現自己坐在公車上。他慌忙看向窗外，看到真理惠住的醫院就在前方。

啊，剛才的一切是做夢嗎？

雖然信孝感到失望，不過他還是打開自己的皮包看了一下。

這次他真的嚇了一大跳。

一切都是真的！皮包裡真的有一個用櫻花色紙包起來的東西。

是「貘貘最中餅」！剛才並不是在做夢！

公車一抵達醫院前的車站，信孝立刻跳下車，不顧一切的跑向真理惠的病房。

真理惠無力的躺在病床上，看起來比今天早上見到時更虛弱。

她的眼睛下方出現了黑眼圈，臉色蒼白得像白紙一樣。信孝的妻子清美正陪在真理惠身旁，想要安撫她睡覺，但真理惠不斷哭著說：

「睡覺好可怕。」

信孝看到女兒這樣，差一點哭出來，但還是勉強擠出笑容走到真理惠身旁。

真理惠一看到信孝，立刻開心的笑了。

「爸爸！」

「老公，你來了。」

清美也鬆了一口氣，向他打招呼。

「是啊，真理惠，你還好嗎？」

「不好！醫生幫我打針了，而且還打了兩次！」

「是嗎？真可憐，但不必擔心，爸爸買了一個點心給你。這是特地為你買的，而且是很特別的點心喔！只要你吃了之後，就絕對不會再做可怕的夢了。」

「騙人！」

「真的，爸爸向你保證。你要不要吃吃看？」

「嗯……」

信孝把「貘貘最中餅」交給真理惠。真理惠咬了一口，雙眼頓時亮了起來。

「真好吃！」

「是嗎？太好了，這個是買給你的，你可以全部吃掉。」

「謝謝爸爸。」

真理惠大口吃著最中餅，連聲說著「好吃、好吃」，難以想像她這一陣子都沒有食慾。

清美看到女兒的樣子，也忍不住瞪大了眼睛。

「老公……這是？」

「這是有魔法的點心，是特別為真理惠準備的點心。」

真理惠終於把最中餅全都吃完了。很快的，她的眼睛好像快睜不開了，不久就發出了均勻的鼻息聲。

信孝和清美都屏住呼吸，看著女兒。

不知道她什麼時候又會發出慘叫聲，嚇到醒來？或是什麼時候會開始哭喊？

但是，等了很久，真理惠都沒有驚醒。

她睡得很熟，不時發出輕笑聲。她一定是在做什麼開心的夢吧。

清美哭了起來，用力握住信孝的手。

「她睡著了！這孩子真的睡著了！……這真的是有魔法的點心

嗎？怎麼回事？是從哪裡來的？」

「我買的，我花錢買來的。」

信孝告訴妻子，晚一點會告訴她詳細情況，然後就一直望著真理惠一臉幸福、睡著的模樣。他現在只想看女兒熟睡的樣子。

真理惠隔天就出院了。因為好好睡了一覺，臉頰也恢復原本的紅潤，眼睛下方的黑眼圈也都不見了，而且還說自己做了一個很棒的夢。她興奮的告訴信孝：

「爸爸，我跟你說，我坐在一隻很溫柔的動物身上，在夜晚的天空中飛來飛去！那個動物很奇怪，鼻子像大象一樣長，但不是大

象、牠全身都是金色的，而且身上的毛很鬆很軟！」

「是這樣啊，真理惠能做開心的夢真是太棒了。」

「嗯！真的太棒了！牠還跟我約定，以後會一直來我的夢裡保護我！」

信孝看到女兒的笑容既高興，又鬆了一口氣，身心都快融化了。這樣的話應該沒問題了。信孝心想。

信孝放心的回去公司上班。他一走進辦公室，同事都紛紛和他聊了起來。

「喔，昨天怎麼了？」

「你女兒的情況還好嗎？」

「嗯，已經沒問題了，醫生也說她已經沒事了，所以今天早晨出院了。謝謝你們，讓你們擔心了。」

「是這樣啊，那真是太好了。」

「沒事就好。」

「是啊，對父母來說，看到孩子生病是最痛苦的事。難怪昨天你臉色鐵青的衝出去。」

太好了，太好了。大家都鬆了一口氣，笑著對他說。

信孝也笑著回應，突然發現少了一個同事。

「咦，綿貫沒有來上班嗎？」

綿貫是一個自尊心特別強的年輕員工，工作上整天出差錯，卻絕對不承認是自己的錯。信孝經常在工作上指導他，但他從來不曾道謝，而且他總是用憤恨的眼神看著信孝。

說句心裡話，信孝覺得這個年輕同事很不好相處，但他以前從來沒遲到過。

到底是怎麼回事？信孝忍不住有點擔心，另一個姓渡邊的同事告訴信孝：

「對了、對了，我想綿貫今天應該會請假。」

「為什麼？」

「昨天你提早離開後，公司很不平靜。綿貫突然抱著肚子滿地打滾，一直大喊著說有金色的妖怪想吃他，他痛苦的樣子有點可怕，所以我們急忙幫他叫了救護車。」

「那是幾點發生的事？」

「嗯，我記得是三點半左右。」

三點半，剛好是真理惠吃了「貘貘最中餅」後，安穩睡覺的時候。不過，綿貫在公司喊說有金色的妖怪？真理惠也說她的夢裡有一隻金色的動物……

信孝突然恍然大悟。他因為憤怒和打擊，覺得有點頭暈。

難道是綿貫詛咒真理惠？為什麼？綿貫為什麼要詛咒真理惠？

既然綿貫討厭自己，那不是應該詛咒自己嗎？

這時，信孝突然想到一件事。自己之前也曾經和綿貫聊過真理惠的事，也曾給他看過真理惠的照片。綿貫一定覺得只要傷害真理惠，就可以讓自己痛苦。

沒錯，剛才也有同事說，「對父母來說，看到孩子生病是最痛苦的事」。

「真是太可惡了！」信孝握緊了拳頭。

如果綿貫再次出現在眼前，一定要好好揍他。

但是，信孝一直沒有等到這個機會。

因為綿貫之後就辭職了，再也沒有出現。

橫手信孝。三十四歲的男人。昭和六十年五十元硬幣。

註：昭和是日本昭和天皇在位時所使用的年號，昭和六十年為西元1985年。

2 答錄機蝸牛貼紙

智美今年讀小學四年級。不久之前，父母剛買了手機給她。在自己有手機之前，她很羨慕那些有手機的同學。她覺得和同學互傳訊息，或是背著父母，在自己房間內和同學聊天很酷，所以她一直央求父母為她買手機。

「我的同學都有手機，如果我沒有手機，大家都會排擠我！而且，有了手機之後不是更方便，也更安全嗎？萬一遇到什麼危險，就可以馬上聯絡爸爸媽媽！」

因為她鍥而不捨的說服爸媽，終於有了自己手機。

起初她高興得不得了，和大家互留電話號碼和電子郵件信箱，經常與朋友聊天，交流各種資訊。

有了自己的手機之後，不必驚動父母，就可以和同學保持聯絡，全天下還有比這件事更美好的事嗎？

這是她一開始的想法。

但是，她漸漸發現手機的缺點。當同學打電話來，她就必須接電話；有人傳訊息給她，就必須馬上回覆，她擔心如果不這麼做，就會遭到排擠。

而且，她開始懷疑其他人會在背地裡說自己的壞話。

智美始終無法擺脫這種不安。

因為她之前看到有兩個關係很好的同學，當其中一個人不在時，另一個人就在背地裡說：「某某同學很人來瘋，簡直就像傻瓜一樣！」或是「當她的朋友真的超累。」

智美發現有人在電話中或是互傳訊息時也會聊這些，忍不住感到害怕。

「也許別人也會在背地裡這麼說我。」

智美開始變得小心翼翼，儘量討好大家，生怕得罪哪個同學，結果大家都說「智美很好聊天」，都喜歡找她聊天。

這件事卻造成智美很大的困擾，她覺得自己整天都在陪同學聊天，根本沒有屬於自己的時間，讓她感到很大的壓力。她覺得以前的日子過得很輕鬆，而現在似乎因為傳訊息的關係，窺探了同學不為人知的一面。只不過她也不想放棄擁有自己的手機。

「真希望有分身，這樣她就可以代替我接電話，和同學聊那些無關緊要的事了。」智美深深嘆著氣，轉過街道。

「咦？」

智美偏著頭。她每天上下課都走同一條路，但眼前的景象讓她覺得好像來到一個陌生的地方。

「這裡是……哪裡？」

她慌忙拿出手機，想用定位系統確認自己目前所在的位置，沒想到螢幕上雖然出現了地圖，卻沒有顯示地名和路名。

但地圖上出現了一個以前從來沒有見過的陌生符號，而那個紅色的符號正閃爍著。

「這是什麼？看起來有點像貓的輪廓……」

那個符號所顯示的地點離智美所在的位置不遠。智美很在意那個不曾看過的符號，於是決定去看看。

她依照手機的地圖走進一條昏暗的小巷，發現了一家柑仔店。那家店看起來很老舊，但店門口排放著許多令人看了心跳加速的零食和小玩具。

智美立刻被吸引了，她走進店內，打算仔細看清楚。這時，一個高大的女人從裡面走了出來。

那個女人很胖，而且很高大，必須抬頭才能看到她。她的頭髮雖然像雪一樣白，但胖胖的臉看起來很年輕。她穿了一件古錢幣圖案的紫紅色和服，頭髮上插了很多玻璃珠的髮簪，感覺是一個很神奇的阿姨。

那個阿姨笑著對她說：

「歡迎光臨，我是錢天堂的老闆娘紅子。請問幸運的客人，你想要什麼？只要你開口，任何東西都可以。」

「任何東西都可以？」

「對，我會賣你任何能夠實現你心願的東西，這就是錢天堂的賣點。來，請你說來聽聽。」

阿姨的聲音很悅耳動聽。

智美忍不住冷笑一聲。太好笑了，她以為自己是神明嗎？竟然

復活青蛙糖
福

說可以實現客人所有的心願。

但是，眼前的這個阿姨看起來不像在開玩笑，所以智美也立刻變得認真。她坦率的回答：

「我想要有分身。」

「分身嗎？嗯，這裡有『分身口香糖』和『分裂豆沙』等很多種產品……你是為了什麼目的想要有分身呢？」

智美把手機的事告訴了她，阿姨大笑著說：

「哈哈哈，如果是這樣，有一個很適合你的東西。」

阿姨說完，就從掛在牆上的厚紙板上撕下了某個東西。

「你看這個怎麼樣？」

阿姨伸手，她的手上放了一張小小的貼紙。差不多像一元硬幣那麼大的貼紙，上面畫了一隻蝸牛，殼上的螺旋部分是紅黑的條紋。蝸牛抬起頭的臉上表情看起來很老實。

「這是『答錄機蝸牛貼紙』，這張貼紙可以代替主人接電話、回覆電子郵件。我覺得很適合你，怎麼樣？只要一元就好。」

「我要買！」

智美不加思索的回答。她一看到這張貼紙，就馬上想要買，而且只要一元就可以買到，當然非買不可！

智美把錢交給了阿姨，她笑了笑說：

「沒錯，這是今天的寶物，平成（註）七年的一元硬幣。謝謝惠顧。請把『答錄機蝸牛貼紙』貼在手機上。其他的事，貼紙會告訴你。」

於是，智美買到了答錄機蝸牛貼紙。

當她回過神時，發現柑仔店不見了，她站在熟悉的街道上。智美看著自己的手上緊握的答錄機蝸牛貼紙。

「太好了！原來並不是我在做夢！」

她立刻把貼紙從底紙上撕了下來，貼在自己的手機上。

沒想到貼紙發出淡淡的光之後，蝸牛圖案的一雙突出的眼睛抬頭看著智美，然後用老實的聲音問：

「我是答錄機蝸牛貼紙六號，主人，請指派給我任務。」

貼紙會說話！貼紙真的說話了！

智美雖然嚇了一大跳，但還是很興奮。這張貼紙太厲害了！

「原來你的名字叫六號。」

「是。」

「你、你會做什麼？」

「可以代替主人打電話或是回覆電子郵件。」

「所以你會模仿我的聲音，說一些我可能會說的話嗎？」

「對，回覆電子郵件和訊息時也一樣。」

「絕對不會讓我的朋友知道嗎？」

「對。」

這時，手機響了。智美一看螢幕，發現是沙耶加打來的。智美忍不住感到渾身無力。

沙耶加有點煩。雖然她人不錯，但完全不為別人著想，整天只顧著聊自己的事。她最近幾乎每天都會打電話給智美，而且每次都聊很久，讓智美覺得很厭煩。

沙耶加在長時間聊天後，應該會覺得心情很輕鬆，但智美一點都不想聽那些聊天內容，因為聽沙耶加說話很累，而且她都聊一些和智美無關的事。不過如果不接她的電話，她可能會惱羞成怒說：

「你竟然不理我！」

不，等一下、等一下。沒錯，現在不正是「答錄機蝸牛貼紙」可以發揮作用的時候嗎？

智美說：「你可以陪沙耶加聊天嗎？我希望你代替我和她聊天。」

「要不要在結束之後向你報告電話中聊的內容呢？」答錄機蝸牛貼紙詢問。

「嗯，麻煩你了。」

「了解。」

答錄機蝸牛貼紙說完這句話就陷入了沉默，貼紙開始閃著藍光。貼紙在和別人通電話時，似乎會發出閃爍的藍光。

「答錄機蝸牛貼紙」真的有辦法勝任，代替她和朋友們聊天嗎？

智美很緊張。

如果沙耶加知道和她通電話的是智美的分身，一定會恨死智美，所以以後要小心，絕對不能露出馬腳。

智美走回家的路上因為不安而心跳加速，走進自己的房間後，答錄機蝸牛貼紙仍然閃著藍色的光。智美心神不寧的看著答錄機蝸牛貼紙，這時，藍光終於消失了。她立刻問它：

「你和沙耶加通完電話了嗎？」

「對。」

「你們聊了些什麼？」

「我和沙耶加的通話時間是二十七分三十八秒，大致的內容是她在吹噓走在路上時，有人問她想不想當兒童模特兒。」

「喔，是喔，幸虧剛剛沒有聽她說廢話。你怎麼回答她？」

「我重播剛才說話的內容。『是喔？沙耶加，你太厲害了！你果然很可愛，一定可以成為很紅的模特兒。嗯，絕對可以！』我就是這麼回答。」

這個答錄機蝸牛貼紙重播了剛才的談話內容，聲音果然和智美一模一樣，而且很像是智美會說的話。

智美感到驚訝的同時，也很高興。

答錄機蝸牛貼紙太厲害了！以後可以把所有不想接的電話和不想回覆的電子郵件都交給它！這樣就可以自由運用自己的時間，也不需要為一些無聊的事煩惱！

智美興奮的跳了起來。

之後，智美幾乎把手機交給了答錄機蝸牛貼紙。

答錄機蝸牛貼紙真的發揮了很大的作用，巧妙的應付同學打來的那些無關緊要的電話，也俐落的回覆所有的電子郵件和訊息。

每天睡覺前，智美都會讓答錄機蝸牛貼紙向她報告一天的情況。答錄機蝸牛貼紙會詳細說明，今天接到了哪些電話和電子郵件，答錄機蝸牛貼紙又用什麼方式回答、回覆。這樣的話，即使隔天去學校，智美也不會搞不清楚狀況，也了解大家目前正在討論的話題，並沒有人因此不喜歡她。

智美忍不住偷笑，自己真的買到了方便好用的東西。

三個月後的某天晚上，智美正在自己的房間寫功課，媽媽突然走進了房間，一臉愁眉不展的問她：

「智美，可以問你一件事嗎？」

「什麼事？」

「剛才沙耶加的媽媽打電話來，說沙耶加還沒有回家，即使打她的手機也打不通。」

「啊？」

「你有沒有見到沙耶加？或是聽她說要去哪裡玩？她媽媽很擔

心。」

「嗯……我不太清楚……要不要我問其他同學？」

「好啊，你幫忙問一下，如果有什麼消息，馬上告訴我，媽媽再打電話問問其他同學的媽媽。」

媽媽說完，就走了出去。

智美放下功課，拿起手機問：

「答錄機蝸牛貼紙！喂，六號！沙耶加今天有沒有打電話或是傳電子郵件給我？」

「有，十六點二十三分，曾經打來一通電話。」

「沙耶加在電話中說什麼？」

「她得意洋洋的說，要去東京的咖啡店和雜誌編輯開會，說她要以兒童模特兒的身分正式出道。」

「這……聽起來就有問題吧？」

這一切未免太順利，沙耶加可能被騙了。

智美臉色發白。

「六號，你怎麼回答她？」

「我說，太厲害了，是哪一本雜誌？……雖然我這麼問她，但沙耶加回答說，現在還不能說。」

果然很有問題！

智美打電話給沙耶加，但手機打不通，而且似乎關機了。

越來越可疑了。沙耶加很怕孤單，絕對不可能關機。

既然手機已經關機，就不可能用定位功能追蹤到她的下落。也就是說，沙耶加失蹤了。

智美不由得感到害怕。

萬一沙耶加出事怎麼辦？雖然她很煩，但畢竟是朋友。唉，早知道不應該把電話交給答錄機蝸牛貼紙應付。

智美快哭出來了，她問答錄機蝸牛貼紙：

「你知道沙耶加在哪裡嗎？有沒有辦法反向搜尋？」

「可以，但一旦這麼做，我就會消失。」

「啊？」

「我的任務只是接電話和回覆電子郵件、訊息，一旦做其他事，就會發生過熱現象。這樣也沒問題嗎？」

這麼一來，就再也無法使用答錄機蝸牛貼紙了。

智美有點退縮了。

這麼方便的工具竟然會消失。也許沙耶加並沒有發生意外，或是被扯進犯罪，可能只是去其他地方玩而已。

但是，智美很快就下了決心。

「即使這樣也沒關係！你趕快找沙耶加！拜託了！」

「遵命，請稍等片刻。」

智美屏住呼吸注視著，答錄機蝸牛貼紙開始發出黃色的光，光線越來越強烈，最後變成了紅色。

答錄機蝸牛貼紙突然大聲叫了一聲：

「找到沙耶加所在的位置了。」

「真的嗎？」

「對。她在七草町五番的偏僻角落的七草小學，那所小學現在已

經廢棄了。」

「她為什麼要去那種地方？」

「我登入了沙耶加的手機，聽到周圍的對話，沙耶加並不是一個人在那裡，至少有三個男人和她在一起，他們好像打算向沙耶加的父母勒索。」

「原來是被綁架了！我得馬上告訴媽媽！六號，謝謝你！」

智美慌忙衝出了自己的房間。

手機留在房間內，上面的答錄機蝸牛貼紙慢慢的說：

「我的任務完成了。」

答錄機蝸牛貼紙發出輕微的聲音後，消失得無影無蹤。

隔天，智美走去學校的路上，忍不住嘆著氣。

昨天得知沙耶加的下落後，大家忙成了一團。智美告訴媽媽：「有同學看到幾個可疑的男人把沙耶加帶去七草小學了。」媽媽立刻報警，警察在晚上十點左右趕到了七草小學，抓到了那三個綁匪，安全的把沙耶加救了出來。

早上看到那則新聞後，智美真的鬆了一口氣，但失去答錄機蝸牛貼紙還是讓她很難過。

以後又要自己應付那些麻煩的電話和電子郵件和訊息了，智美心想。

這時，手機剛好響了。一看螢幕，是佳織打來的。佳織一定想要和智美討論沙耶加的事。真是無聊，等一下不是就會在學校見到面嗎？

智美很不耐煩的想要接起電話，突然停手，然後關掉手機的電源，把它丟進書包。

暫時忘記手機的事吧。與其用得這麼不開心，還不如不用。遇到同學時，只要對她們說「對不起，我的手機壞了，爸爸不肯幫我買新手機。」就好。

「沒錯，我現在真的不需要手機。」

智美的心情立刻好了起來，腳步也變得輕盈起來。

井口智美。十歲的女孩。平成七年的一元硬幣。

註：平成是日本明仁天皇的使用年號。平成七年為西元1995年。

3 繪馬仙貝

春假的最後一天，小勝去了住家附近的神社參拜。

從明天開始，小勝就是小學三年級的學生了，班級、老師，還有教室都會換成新的。為了明天的重新分班，他要拜託神社的神明一件重要的事。

投了香油錢後，小勝「啪、啪」拍了兩下手，認真的開始祈禱。

「請神明保佑明天分班時，讓我可以和丹莉分在同一班！」

丹莉是小勝喜歡的女生。丹莉很文靜，臉上的酒窩很可愛。小勝的姊姊和媽媽都很凶，丹莉和她們屬於完全不同的類型。

小勝一、二年級時都和丹莉在同一班。他經常調皮搗蛋，說一些無聊的話調侃丹莉，但丹莉每次都不會反駁小勝，只是露出為難的表情，白皙的臉頰漲紅，渾身不自在的樣子。小勝很喜歡她這種「很女孩子氣」的感覺。

小勝想起自己還要向神明許另一個願。

「啊，但是希望保佑我可以和由香不同班！」

由香是丹莉的好朋友，個性潑辣強悍，和丹莉完全相反。小勝每次調侃丹莉，由香就會衝出來追打小勝。

小勝覺得由香簡直就是眼中釘。如果能夠和丹莉分在同一個班級，但是由香也在同一班的話，就失去意義了。一想到和由香同班，小勝就忍不住渾身發毛。

「嗯？由香的事是拜託神明的第二件事，所以是不是該再投一次錢呢？」

這種時候，千萬不能小氣。

小勝準備從口袋裡拿零錢再投一次香油錢，沒想到從口袋裡拿錢時，一個五元硬幣掉了出來。

「慘了！」

小勝慌忙追了上去，五元硬幣彷彿想要去某個地方似的，一直向前滾，最後滾進了神社旁的樹叢中。

小勝撥開樹叢，然後嚇了一大跳。他愣住了。

因為有一個女人站在他面前。那個女人一頭白髮，穿著紫紅色和服。她彎下身體，撿起了那五元硬幣。

「啊，這是……」

小勝想說：「這是我的錢」，但話卡在喉嚨深處說不出來。

因為當那個女人站起來看著小勝時，小勝發現她又高又大。她的一頭白髮讓小勝以為她是個老奶奶。但是從正面看她時，發現她的臉看起來很年輕。昏暗的樹叢中，女人的白色頭髮和紅色嘴脣格外明顯，小勝不由得感到不寒而慄。

女人對他露齒一笑說：

「幸運的客人，歡迎你來到錢天堂的臨時攤位。」

女人說完，身體向旁邊一移，小勝發現她身後有一個小攤位。攤位上放滿了各式各樣的零食。「結緣飯糰」、「試運霰餅」、「穩接案糖」、「閃亮金平糖」、「儲蓄小饅頭」、「幸運餅乾」、「財運蘋果」、「抽籤軟糖」，都是一些名字聽起來很吉祥的零食。

小勝看得眼花繚亂，女人小聲的對他說：

「你是不是來這裡求神拜佛？」

「對……對啊。」

「原來是這樣，所以你有心願，希望請神明幫忙你實現，對嗎？既然這樣……」

女人在說話時，從攤位上拿出一份零食。

那是繪馬（註）形狀的仙貝。正面是白色的，背面則畫了一隻騎在馬上的招財貓。

小勝的心用力跳了一下，他想：我想要這個！這個仙貝一定可

銭天堂
招福鈴
抽籤軟糖
結緣飯糰

以實現我的心願！

「我……我要買這個！請問多少錢？」

「你剛剛已經付錢了。」

女人舉起剛才的五元說：

「的確是昭和五十七年的五元硬幣，『繪馬仙貝』已經屬於你了。請用這裡的醬油筆把你的心願寫上去。」

那個女人把「繪馬仙貝」和一枝小巧的毛筆遞給小勝，小勝接過來之後，急急忙忙把自己的願望寫在繪馬上——希望可以和丹莉同班，但絕對不要和由香同班。

「我寫好了。」

「那就請你拿去獻給神明。這裡的神明很喜歡錢天堂的『繪馬仙貝』，你的願望一定會實現。」

女人呵呵笑著，向他鞠了一個躬。

這時，一陣強風吹來。

小勝忍不住閉上了眼睛，當他再度睜開眼睛時，忍不住大吃一驚。因為那個女人不見了，放滿了神奇零食的攤位也不知去向。

但是，他手上仍然握著那個「繪馬仙貝」。

小勝內心緊張不已，急忙把繪馬仙貝拿去奉獻繪馬的掛所，也就是專門掛繪馬的地方。那裡已經掛了很多繪馬，每一個繪馬上都寫了各式各樣的心願。

小勝把自己的繪馬掛上去後，雙手合掌。

「千萬、千萬拜託了！」

小勝的心情頓時輕鬆起來。這樣就沒問題了，什麼都不必擔心了。

小勝帶著幸福的心情，哼著歌，離開了神社。隔天，小勝背著書包去上學。

從今天開始就是三年級了，鞋櫃旁貼著分班名單。

「我和丹莉會在幾班呢？」

小勝瞪大眼睛找了起來。

「喔喔，」他看到了由香的名字，「原來她在一班，所以我和丹莉應該會在其他班級才對。」

小勝走到二班的名單前。

「找到了。秋村丹莉。所以我也是在二班。」

小勝得意洋洋的走進二班的教室，沒想到已經先走進教室的同學大吾一看到小勝，立刻露出奇怪的表情。

「小勝，怎麼回事？你不是三班的嗎？為什麼來我們二班的教室？」

「啊？」

「啊什麼啊，沒想到你開學第一天就走錯教室。」

「但是……怎麼、可能……」

小勝慌忙走回名單的地方。剛才只看到丹莉的名字，這次他瞪大眼睛看了二班名單上的每一個名字。

沒有……沒有……二班的名單上沒有西谷勝這個名字。怎麼會有這種事？

他腦筋一片空白，又看了三班的名單。

「找到了。」

三班的名單上有小勝的名字。無論看了多少次，他的名字仍然在三班的名單上面。

丹莉在二班，我卻在三班，怎麼會有這種莫名其妙的事！

這時，他聽到丹莉的聲音。

「由香，我們被分在不同的班級，但幸好就在隔壁，這樣隨時都可以見到彼此。」

小勝轉頭看了過去。

丹莉和由香在那裡。丹莉一臉遺憾的對由香說話，但由香沒有回答。她臉色鐵青，目瞪口呆的看著分班的名單。

小勝也再次看了三班的名單。

「我果然……在三班。」

他突然很想哭。

那天放學後，小勝垂頭喪氣的走在回家路上。無論怎麼想，他都想不通。我明明把願望寫在「繪馬仙貝」上，為什麼會有這樣的結果？

他越想越生氣。「既然這樣，我要去找那個阿姨抗議。」

小勝轉頭走向昨天去過的神社，沒想到卻在通往神社的石階上遇到了由香。

小勝和由香都嚇了一跳，然後都瞪著對方。由香先開了口。

「你為什麼會在這裡？」

「你又為什麼在這裡！你家又不住在這裡附近，放學後不要亂跑！」

「你自己不是也一樣嗎？……我有重要的事來這裡。」

「我也是啊。」

「是喔，像你這種整天欺負別人，只會遭到報應的人，幹麼來神社？」

「你少囉嗦！和你沒有關係！」

「什麼嘛！你是來求神拜佛的嗎？神明才不會理你這種人呢。啊，對了，你沒有和丹莉分在同一個班級，真是太可惜了。」

「你……」

小勝說不出話，臉漲得通紅。

「我、我才不在意這種事……」

由香不懷好意的笑了起來。

「是喔，你沒有和丹莉同班真是太好了，這樣我至少安心了。」

「丹莉應該也為沒有和你同班鬆了一口氣吧，你這個凶巴巴的惡

CAT

女人！」

由香立刻皺起了臉，好像隨時快哭出來了。

慘了，我說過頭了。正當小勝這麼想的時候，

「啊，真是太好了，你們都來了。」

頭頂上響起了一個甜美的聲音。

昨天那個攤位的女人站在那裡，一臉歉意的看著他們。

小勝馬上想要向她抗議，沒想到被由香搶先。由香凶巴巴的大聲質問那個女人：

「這是怎麼回事！你不是說我的心願會實現嗎？」

小勝也不甘示弱的說：

「根本沒效！為什麼會這樣！」

「真的很抱歉，很少會遇到這種兩個人的願望發生衝突的狀況，神明似乎也有點不知所措，最後只好讓兩個人的願望都不實現。」

小勝和由香互看了一眼，原來他們兩個人的願望發生了衝突。

那個女人繼續說道：

「錢天堂第一次遇到這種情況，沒想到竟然有客人為同一件事許願，而且願望的內容相反。既然沒有達成效果，我就不能收你們的錢，所以我是來還錢的。來，這位妹妹的是平成八年的一百元硬幣，弟弟的是昭和五十七年的五元。」

女人分別把零錢放在他們手上，然後對他們說：「那我就先告辭了。運氣好的話，我們還有機會見面。」說完，她就離開了。

小勝和由香都目瞪口呆。這到底是怎麼回事？小勝緩緩的轉向由香。

「你……向那個阿姨買了什麼嗎？」

「我……三天前來這裡……向她買了『繪馬仙貝』。」

「我昨天也買了『繪馬仙貝』。……你寫了什麼？」

「那你寫了什麼？」

兩個人都瞪著對方。由香的願望應該和小勝相同——希望自己和丹莉同班，但絕對不要和對方在同一個班級。

所以神明應該也傷透了腦筋。

「唉，早知道會有這樣的結果，就應該許願和丹莉、由香分在同一個班級，至少這樣丹莉還可以繼續跟由香一起當同班好同學，也不會白白浪費難得的『繪馬仙貝』了。」小勝想著。

小勝看向由香，她似乎也在想同樣的事。

兩個人同時嘆了一口氣。

西谷勝。九歲的男生。昭和五十七年的五元硬幣。

廣田由香。九歲的女生。平成八年的一百元硬幣。

註：繪馬為日本神社或寺廟祈願用的奉納物，人們將心願寫在繪馬上，並掛在神社中的掛所上。

4 除皺酸梅

雪江心情很鬱悶。因為孫女真子對她說：「奶奶，你的臉皺巴巴。」雪江覺得自己還很年輕，所以孫女的話讓她很受打擊。

她一個人出門散步，想要去散散心。但是，即使走了很久，心情也無法暢快。「皺巴巴」這幾個字堵在她的胸口，始終無法消除。就連看到蔬果行已經開始販售每年冬天都很期待的柿乾，她也沒有心情買了。

自己本來就是已經是當奶奶的人了，臉上有皺紋也很正常。

雖然她這麼告訴自己，但還是希望自己在孫女眼中是個「漂亮的奶奶」。只不過現在去美容中心保養已經來不及了，更何況保養也得花很多錢。不知道有沒有價格實惠，簡單方便，而且效果又顯著的去皺紋方法。

她異想天開的想著這些事，隨便亂走亂逛，不知不覺走進一條昏暗的小巷子。

「咦？這是哪裡？」

她看了看四周，更加驚訝了。因為前面竟然有一家柑仔店，掛

著「錢天堂」的招牌，店門口放滿了各式各樣的零食，閃閃發光。

雪江立刻被那家店吸引了，忘了皺紋帶給她的打擊。

雪江想起自己好久沒有去柑仔店了，於是她走進去看看，還想到可以順便買點零食回去給真子。

雪江像是小孩子般興奮的走進店裡。

「啊喲啊喲，這家店裡的零食名字都太有趣了。『福笑蜂蜜蛋糕』、『興奮棉花糖』，還有『裝病彈珠汽水』？『抖抖幽靈果凍』？『乳豬優格』？啊喲，那個瓶子裡裝了很多骨頭！簡直就像真的骨頭，但既然上面寫著『骨形鈣片』，應該也是一種零食吧。」

雪江原本以為零食應該不會有什麼變化，但這家柑仔店的零食似乎都很厲害，簡直就像是有魔法的零食。

她目不暇給的研究店裡的商品時，一個身穿和服、身材高大女人從裡面走了出來。紫紅色的和服上有暗褐色的古錢幣圖案，梳得一絲不苟的頭髮全白了，但福態的臉上完全沒有皺紋。

這個女人到底幾歲？雪江忍不住看著眼前的女人出了神。

她微微一笑，向雪江鞠了一躬。

「歡迎光臨，您是今天的客人，我是這家店的老闆娘紅子，在這裡恭候您的大駕。」

「您好，午、午安。」

她打招呼的方式太恭敬，讓雪江有點驚慌失措。而且，她的笑容雖然很親切，但有一種威力。

「請問您想要找什麼？錢天堂隨時為客人準備了各種客人想要的商品。不管您想要什麼，都請您儘管開口。」

想要的東西、現在最想要的東西是……

「這裡應該沒有吃了之後，臉上的皺紋就可以消失的零食吧？」

雪江半開玩笑的問，沒想到老闆娘竟然用力點了點頭。

「當然有。」

老闆娘說完，從架子上拿了一個像桃子罐頭大小的瓶子，裡面裝了很多像綠色櫻桃般的東西。瓶子上的標籤寫著「除皺酸梅」。

雪江一看到那個瓶子，立刻就有心動、想要購買的感覺。

「就是這個，我想要找的就是這個。」

她感動得說不出話，老闆娘又推了她一把，用甜美的聲音小聲對她說：

「我也很愛用這項商品，所以你看看我，皮膚光滑細嫩。」

「我要買這個！請問多少錢？」

即使它要價一萬元，她也非買不可。雪江帶著這樣的決心大聲詢問，但是老闆娘說出來的價格比她想像中便宜多了。

「五百元。」

「啊喲，真便宜啊。」

「是啊，但必須是特別的五百元才行。你有五百元吧？」

雪江聽了老闆娘的問題，打開零錢包找了起來。有了。剛好有一枚五百元的硬幣。雪江把五百元交給老闆娘，老闆娘仔細打量後笑著說：

「平成十七年的五百元硬幣，是今天的幸運寶物沒錯。這個就交給你了，請收下。」

雪江接過酸梅的瓶子，立刻直奔回家，甚至忘了要為孫女真子買零食。

回到自己的房間，雪江仔細打量著酸梅的瓶子。裡面的酸梅是比甜豌豆稍微淺一點的綠色，表面很光滑，感覺吃了之後，皮膚也會變得很有彈性。她也很喜歡「除皺酸梅」這個名字。

這個名字實在太美妙了，吃了一定很有效。雖然聽起來好像有點像在騙人，但是沒關係！這是為我特別準備的。

雪江對於能買到除皺酸梅感到很滿意，覺得即使受騙上當也沒關係。

除皺酸梅
!注意

她檢查了一下，發現瓶子後方的貼紙上寫了注意事項。

注意：一次吃太多，會導致除皺效果失衡，反而會造成皺紋逆流，有可能引起反效果。每天最多只能吃數顆為限。

雪江緊張的打開了瓶蓋，房間內頓時瀰漫著美味的酸梅香氣。雪江低頭一看，瓶子裡裝滿了酸梅，幾乎已經滿到瓶口了。

雪江拿了一顆酸梅放進嘴裡。

嗯，真好吃。剛好是雪江喜歡的鹹度。她咬了一下，立刻感受到酸梅喀哩喀哩的清脆口感。

轉眼之間，她就吃完了一顆，她又接著吃了第二顆、第三顆。正當她打算拿第四顆時，想到了注意事項的內容。上面寫著一天只能吃數顆。

於是她決定今天不再吃了。

她蓋上瓶蓋，把酸梅的籽丟進垃圾桶時，剛好看到自己的身影映照在旁邊梳妝臺的鏡子上。

「咦？」

她立刻撲到鏡子前——她以為自己看錯了，但並沒有看錯。她臉上那幾道皺紋稍微變淡了，魚尾紋也少了一條，原本額頭上很深的皺紋也變淡了。

無論看了幾次都一樣，沒想到除皺酸梅的效果這麼快就顯現了。原來真的有效！

雪江簡直樂翻天了。

那天之後，雪江每天都偷偷吃三顆除皺酸梅，這是只有她自己知道的美容祕方，完全不需要昂貴的化妝水或是專業按摩，既簡單又好吃，而且效果很確實。

一個星期後，雪江的皮膚變得相當光滑，所以看起來比之前年輕多了。當她聽到真子說：「奶奶，你的皮膚最近好光滑，沒有皺巴巴了」時，雪江簡直快樂得像飛上天。

不光是真子，走在街上遇到熟人時，每個人都很驚訝。有人問她：「你是怎麼做到的？」甚至有人問：「你去整形了嗎？是在哪一家醫院做的？告訴我啊！」大家的反應讓雪江更開心了。「你們等著瞧吧，我會變得更年輕、更漂亮。」雪江的野心越來越大。

因此雪江很擔心除皺酸梅吃光了。雖然瓶子裡還有超過半瓶酸梅，但她想多買一些存放在家裡。

於是，雪江想要再去那家錢天堂柑仔店，卻怎麼也找不到。她明明沒有走錯路，卻遍尋不著那家柑仔店。她向很多人打聽，大家都說從來沒看過那家店。

是不是搬家了？真是傷腦筋！我真是太笨了！當初為什麼沒有多買一瓶！

雪江沮喪的回到家裡。她走了很多路，所以已經很累了，肩膀也發出叩哩叩哩的聲音。

雪江不經意的看向鏡子。不知道是不是因為太疲勞的關係，前一陣子消失的皺紋竟然又出現在額頭上。

「真討厭！」

她忍不住叫了起來。

我絕對不允許這種皺紋出現在我臉上，必須馬上消除它們。

雪江拿出除皺酸梅的瓶子，一口氣把三顆酸梅丟進嘴裡，但她覺得還不夠。今天早上已經吃了三顆，皺紋還是跑出來了，也許應該再多吃幾顆。

於是，她又再吃了兩顆。

「好，這下子應該沒問題了。」

雪江又看了一次鏡子。

啊，太好了，額頭又變得光滑富有彈性，之前很在意的魚尾紋也消失了。太好了，太好了。

她終於放了心。就在這時，鏡子中的臉發生了變化，原本白皙富有光澤的皮膚越來越乾，越來越皺。

「不會吧！為什麼！」

雪江驚慌失措時，臉上漸漸爬滿了皺紋，最後變得像是一顆乾癟的番茄，眼睛和鼻子都幾乎被皺紋蓋住了。

這個打擊實在太大，雪江頓時動彈不得。

「這不是我的臉，這簡直就像超過一百歲的妖怪。為什麼會變成這樣？」雪江很緊張。

啊！雪江想起來了。

瓶子的注意事項上不是寫著，如果一次吃太多，反而會造成皺紋逆流嗎？原來就是這麼一回事，一次吃太多，皺紋會一口氣長回來，而且是以前的三倍。

「注意事項上根本沒寫清楚。」

雪江忍不住放聲大哭起來。流下來的淚水都流進了皺紋間的側溝裡，簡直就像連淚水都在嘲笑她。

但是，當她哭了很久之後開始著急了起來。無論如何，她都要恢復原來的樣子！如果被家人看到，大家一定會嚇壞，尤其是真子。如果她看到雪江現在的樣子，一定會大聲慘叫：「有妖怪！」

雪江用熱毛巾擦拭自己的臉，又擦了很多乳霜，嘗試用各種方法消除皺紋。

但是，這些方法都完全沒有效果。

雪江傷透了腦筋。怎麼辦？還是再吃酸梅呢？但是想到皺紋可能會越來越多，就不由得害怕起來。

她雖然猶豫不決，但還是打開了酸梅的瓶子。這時，她發現瓶蓋內側寫了密密麻麻的字，而且字很小，需要用放大鏡才能看到。上面寫著——

萬一發生皺紋逆流時的處理方法：瓶子裡有一顆紅色酸梅，如果發生了逆流，無論如何都想要消除皺紋時，可以請別人吃掉這顆紅色酸梅，皺紋就會轉移到吃紅色酸梅的人臉上。對方會代替你，變成滿臉皺紋的人，所以使用前請三思。

雪江慌忙用筷子在瓶子裡翻找，終於找到了——在瓶底有一顆比其他酸梅還大的鮮紅色酸梅。那顆酸梅很飽滿，看起來就很好吃。

「只要讓別人吃下去，我就可以恢復原來的樣子。不過到底要給誰吃呢？」

雪江立刻絞盡腦汁思考起來。

給一丁目的佐佐木先生吧？那個人嘴巴很毒，整天罵老婆。如果他滿臉都是皺紋，搞不好可以安靜一點。

還是住在對面的年輕太太？上次家裡的車子不小心刮到他們家的牆壁，她就破口大罵。我們又不是故意去擦撞他們家的牆壁。

啊，對了，有一個小男生經常欺負真子，還把真子的腳踏車推進河裡，真是讓人太生氣了。要不要給他吃呢？

到底要選這個人，還是要挑選那個人？雪江煩惱不已，遲遲想不到理想的人選。雖然有很多討厭的人，但想到要給他們吃酸梅，就覺得必須多想一下。因為讓他們變得滿臉皺紋好像有點可憐。

「不行。如果我把自己的皺紋移到別人身上，絕對會後悔一輩子。」雪江在不知不覺中淚流滿面。

「都是因為我太貪心，所以才會滿臉都是皺紋，但是，如果一直這樣……唉，我到底該怎麼辦？」

她拿著紅色酸梅，悶悶不樂的煩惱著。雪江的腦海中浮現那家柑仔店老闆娘的臉。

「對了！那個老闆娘搞不好知道這種時候該怎麼辦。」

雪江決定再去那家柑仔店，也許這次可以找到那家店。只要能夠找到那家店，就一定可以變回原來的樣子。而且說不定可以請老闆娘收下這顆危險的「除皺酸梅」。

雪江抱著一線希望，做好了萬全的準備後出門。她戴了一副大墨鏡，用口罩遮住了半張臉，最後用披肩包住頭部，不讓別人看到她臉上的皺紋。

「這樣就沒問題了，別人不可能看到我現在的樣子，而且我這身打扮，別人根本不知道是我。」雪江想。

雪江把除皺酸梅的瓶子放進皮包，走出了家門。她記得那家柑仔店在商店街附近的一條小巷子，她決心走進每一條小巷子內仔細尋找。

雖然才四點半左右，但因為是冬天，天黑得特別早。暮色慢慢籠罩四周，而且今天是今年以來氣溫最低的日子，街上沒有行人。對不想被人看到的雪江來說，簡直是大好機會。

當她正感到鬆了一口氣時，一個小女孩迎面走來。

「不會吧！」雪江忍不住緊張起來。

因為那個小女孩是她的孫女真子。她剛才去朋友家玩，現在應該是打算走回家去。嗯，這並不重要，她必須趕快躲起來，等真子走過去。

雪江慌忙衝進一條岔路，躲在那裡一動也不動，希望真子趕快走過去。

沒想到等了很久，真子都沒有出現。如果她要回家，一定會經過這裡才對啊。雪江覺得太奇怪了，偷偷從街角探頭張望，沒想到看到了難以置信的景象。

一輛黑色的車子不知道什麼時候停在路旁，接著，有一個年輕男人站在車旁，抱住了真子的身體，用手摀住真子的嘴，真子正在拚命掙扎。

雪江覺得渾身的血液都凝固了，她想大叫，卻叫不出聲音。當男人打算把真子拉進車子時，她終於回過了神，湧起了怒火。

「你想要對我孫女做什麼！可惡——」

雪江不知道從哪裡發出來的聲音，大吼一聲，從岔路衝了出去。

那個男人轉過頭，雪江不顧一切，像獅子一樣撲了上去，無論如何她都必須救真子。

但是，那個男人的力氣很大，他緊抱著真子，毫不鬆手。

「喂！老太婆，你給我滾開！」

男人的手打在雪江的臉上，把口罩和墨鏡都打飛了。下一剎那，男人瞪大了眼睛看著雪江。

「嗚、嗚哇哇哇！」

男人大喊一聲，放開了剛才緊抱著不放的真子，整個人向後癱倒在地上。

雪江猜想那個男人被自己滿是皺紋的臉嚇到了。

對了。皺紋！除皺酸梅！

雪江以驚人的速度從皮包裡拿出除皺酸梅的瓶子，打開蓋子，然後拿出最上面的紅色酸梅，把那顆酸梅塞進了嚇得失魂落魄的男人嘴裡。

「嗯呃！」

男人發出喉嚨被卡住的聲音，想要推開雪江的手，但雪江拚命摀住男人的嘴，不讓他把酸梅吐出來。

雪江和那個男人無聲的扭打在一起，最後，男人終於推開了雪江。

他立刻逃進車裡，甚至沒有再看真子一眼，馬上開車快速逃離。

雪江喘著粗氣，緊緊抱住了真子。

「真子！真子！我是奶奶，你沒事吧？」

「奶、奶奶，奶奶！嗚啊啊啊！」

真子放聲大哭起來，但她似乎並沒有受傷。雪江鬆了一口氣，忍不住流下了眼淚。

一個男人剛好路過，問她們：「你們沒事吧？是不是發生了什麼事？」

雪江哭著說：「我孫女差一點被人綁架。」然後向那個路人說明了情況。那個人立刻協助報警，在警察趕到之前，他都在那裡陪著雪江和真子。

雪江一直緊緊抱著真子，小聲安慰著她：「沒事了，現在已經沒事了。」自己的心情也慢慢平靜下來。

雪江看著地上除皺酸梅的瓶子和好幾顆掉在水泥地上的酸梅，

還有墨鏡和口罩……

雪江大吃一驚。對了，自己的臉！不知道自己的臉變成什麼樣子了？雖然剛才已經把那顆紅色酸梅塞進那個男人的嘴裡了。

目前只有一種方法可以確認……

雪江輕輕問抱住自己的真子：

「真子，真子，你可不可以看看奶奶的臉？」

真子把臉埋進雪江的胸口，還在繼續哭，聽了雪江的話後，抬起了頭。

真子看著雪江的臉。雪江緊張不已，忍不住用力閉上了眼睛。

「奶奶？怎麼了？要我看你臉上哪裡？」

雪江睜開眼睛。真子完全搞不清楚狀況，只是納悶的看著雪江。

「哪、哪裡……奶奶臉上有沒有什麼地方很奇怪？」

「奇怪？」

「咦？不、不是都皺巴巴的嗎？」

真子納悶的看著雪江後說：

「沒有啊，你的臉和之前一樣啊。」

雪江聽了，慌忙摸自己的臉。臉上的皮膚很光滑。雖然有些皺紋，但完全感受不到那些皺巴巴、可怕的感覺。

皺紋消失了。

雪江難以置信，她抱著真子，一邊尋找可以當鏡子照的東西。

這時，她看到了地上除皺酸梅的瓶蓋。金屬的瓶蓋閃著銀色光芒，也許可以拿來代替鏡子使用。

雪江撿起瓶蓋，看著瓶蓋。

「啊，太好了！」

雪江的臉恢復了原狀，恢復了發生皺紋逆流前的臉。原來紅色酸梅真的有效。

既然這樣，那個試圖綁架真子的男人現在……

雖然警察並沒有抓到他，但是在距離綁架現場不遠的地方發生了一起車禍。有一輛黑色車子撞上了電線桿。駕駛是一個九十歲左右的老人，他全身受了重傷，被送去醫院。那個老人可能因為發生了車禍而神智不清，不斷大聲嚷嚷著：「我才二十一歲！」

雪江從鄰居太太口中得知這件事後，忍不住笑了起來。那個男人一定從車上的後視鏡中看到了自己滿是皺紋的臉，然後嚇了一大跳，方向盤失控，因而撞上電線桿。這就叫做自作自受，讓他好好體會一下被指指點點說皮膚皺巴巴的心情。

「沒想到『除皺酸梅』居然在意想不到地方法發揮了作用呢。」

雪江感到心情很舒暢。

雖然罐子裡還剩下一些除皺酸梅，但雪江沒有繼續吃，而是把酸梅埋進庭院。除皺酸梅的效果的確很驚人，但那種力量具有危險性，一旦太入迷，可能又會引起皺紋逆流。這麼一想，就覺得仰賴酸梅除掉皺紋的力量太可怕了。

但是，雪江並沒有放棄變美。不過，雪江開始腳踏實地，認真付出努力。她注意自己的健康，也會自己做臉部按摩。

「沒錯，即使不依賴除皺酸梅也沒問題。我要一直當一個能夠讓真子引以為傲的年輕又漂亮的奶奶。」雪江現在充滿了鬥志。

岡村雪江。六十八歲的女人。平成十七年的五百元硬幣。

5兄弟丸子

「唉，真是太沒意思了！」

小明忍不住罵了一句。

小明目前讀小學五年級，家中有四個兄弟姊妹，他排行老大。

他對這件事感到很不開心。他的兩個雙胞胎妹妹美音和美奈，目前讀小學三年級，她們在家裡很囂張。而最小的弟弟小光才六歲，整天很吵，又很愛撒嬌。

小明必須照顧這三個弟弟和妹妹。即使被雙胞胎妹妹搶走了點心、即使在玩摔角遊戲時，被小光狠狠打中要害，也都不能生氣。只因為他是哥哥。

「你是哥哥啊，要對弟弟、妹妹溫柔點。……我到底要照顧他們到什麼時候！當哥哥整天都在吃虧！」

真是厭煩透了。小明越想越生氣，所有這一切都是因為自己最先生下來的錯。

他發自內心想要當弟弟。只要當了弟弟，就不需要照顧別人，而是變成被別人照顧。即使稍微不乖，也不會被大人罵，大人也不會和自己計較很多事，也可以整天撒嬌。

乾脆離家出走，去當別人家的小孩好了。可以去沒有小孩的有錢人家裡，整天被捧在手心當寶貝，想要什麼就有什麼，所有的東西都可以一個人獨占。啊，如果真的可以這樣，那真是太棒了。

小明走在路上時想著這些事。他打算去圖書館，因為媽媽叫他去圖書館歸還妹妹們借的書。

小明當然先提出抗議：

「為什麼要我去？是美音她們借的書，不是應該由她們自己去還書嗎？」

「別這麼說嘛，妹妹們很快就要參加芭蕾舞發表會了，今天外面很冷，萬一感冒就慘了。你去好不好？從圖書館回來的路上，你可以去便利商店買點零食吃。」

小明最後只好答應了，但這些書很重，兩個妹妹各借了六本書，總共有十二本書，簡直重死了。背包的背帶深深卡在小明的肩膀上，他越想越不高興。

「美音和美奈真是太囂張了！」

小明走進岔路，想要從捷徑走去圖書館，但可能因為太生氣了，當他回過神時，發現自己走進一條陌生的小巷。

眼前竟然有一家老舊的柑仔店。他覺得那家店好像在向他招手，情不自禁的走了進去。店裡有很多五顏六色，看起來很吸引人的零食。

「哇，好厲害。雖然我搞不太清楚這些零食的名稱，但真的太厲害了。」

小明屏住呼吸，看著琳琅滿目的零食，漸漸出了神。這時，一個高大的阿姨無聲無息的從裡面走出來。她一頭白髮，穿著紫紅色和服，鮮紅色的嘴脣擠出了笑容，用開朗的聲音對他說：

「歡迎光臨。啊喲，今天的幸運客人好像內心有很多不滿。好，好，沒問題，錢天堂的使命，就是要為所有客人實現他們的心願。來來來，說說你有什麼願望，任何願望都沒關係。」

雖然這個阿姨說的話很奇怪，但小明理解她的意思。這個阿姨是真心想要實現自己的心願，而且她具有這種能力。

於是小明說出了自己的願望。

「我想當弟弟，想要當家裡最小的弟弟，我不想再照顧弟弟和妹妹了。」

原來是這樣。那個阿姨點了點頭。

「這種事很常見……請問你們家裡有幾個兄弟姊妹？」

「四個，我有兩個妹妹和一個弟弟，真是糟透了。」

「這樣啊，這樣啊，那這個『兄弟丸子』最適合你。」

阿姨說完，把手伸進店後方的玻璃櫃，拿出一串丸子。四個雪白色的圓圓丸子串在長長的竹籤上，看起來很好吃。仔細一看，從上到下的每個麻糬丸子上都烙上了一到四的數字。

小明心跳加速，覺得自己終於找到了夢寐以求的東西。這個丸子正是自己目前最需要的東西！「我想要，我想要，我想要這個！」

小明伸出手，阿姨立刻把丸子收了回去。

「你要先付錢。這串丸子只要十元，你身上有十元吧？」

一二三四
鯛魚燒
鯛魚燒

「有，我有！」

小明急忙拿出十元硬幣，沒想到那個阿姨一看，立刻搖了搖頭。

「這個不行，請你再拿其他十元。」

「其他十元？哪一個？你隨便要哪一個都行！」

小明把所有零錢都倒在手上，那個阿姨毫不猶豫的拿了其中一個十元硬幣說：

「這個，就是這個，平成三年的十元硬幣是今天的寶物。現在這個屬於你了。」

小明用顫抖的手接過了那個阿姨遞給他的丸子。

「我終於拿到它了！啊，我真是太幸運了。」小明感動不已。

那個阿姨向他詳細說明：

「如果你想當家裡最小的弟弟，就要吃寫了『四』的丸子，不能吃其他丸子，然後把剩下的三個『一到三的丸子』給其他弟弟、妹妹吃。每個人吃一個，聽懂了嗎？」

「聽懂了。」

小明點了點頭，阿姨露出牙齒笑了起來。

「那就請你好好享受當老么的感覺。」

店內突然暗了下來，她的身影也消失在黑暗中，店裡的那些零食也不見了。

小明回過神時，發現自己就在家附近。剛才那條小巷、柑仔店和神祕的阿姨都消失得無影無蹤，但自己手上緊緊抓著兄弟丸子的竹籤。

這不是夢！

小明興奮得好像有電流貫穿了他的全身。只要有了這個，我的願望就可以實現。

現在沒空去圖書館了，要趕快回家，把丸子分給弟弟、妹妹吃。

走進家門前，小明決定先把自己的丸子吃掉。他把有數字「四」

烙印的丸子從竹籤上拿下來後放進嘴裡。

「真好吃！怎麼會這麼好吃！」

他忍不住驚叫起來。丸子真的非常好吃，又軟又富有彈性，而且帶著淡淡的甜味，簡直是人間美味。

他轉眼之間就吃完那顆丸子了，忍不住打量剩下的丸子。

這些丸子這麼好吃，真不想分給弟弟、妹妹。但是，剛才那個阿姨說了，要把剩下的丸子給弟弟、妹妹吃；既然她這麼說，一定有特別的意義。

雖然小明很想把丸子全都吃光，但還是拚命克制，走進了家門。

雙胞胎妹妹和弟弟正在客廳看電視。

「我回來了，媽媽呢？」

「去買菜了。」

美奈看到小明的背包仍然鼓鼓的，瞪著他說：

「怎麼回事？你不是去還書嗎？」

「我改變主意了。」

「不會吧？真是難以置信。」

「哥哥，那你剛才幹麼要出門？」

兩個雙胞胎妹妹立刻開始數落他，正在看電視的弟弟大聲叫著：「吵死了！我都聽不到電視的聲音了啦！」

這些傢伙吵死了！小明很不耐煩的把裝了書的背包丟在一旁，把那串像劍一樣的兄弟丸子遞到他們面前。

弟弟和妹妹頓時安靜下來。

美音、美奈和小光，三個人都緊盯著兄弟丸子看，簡直就像是看到了稀世珍寶一樣，全都露出陶醉的眼神注視著丸子。小明難得體會到這種得意的心情，覺得找回了身為哥哥的威嚴。他用充滿分量的語氣問他們：

「你們要吃嗎？」

「要吃、我要吃！」

「啊！你們太奸詐了，我要最先吃！」

「喂，你們不要吵架，一個人只能吃一個。」

「你為什麼不多買一些？這樣每個人都可以吃一串。」

「因為我沒那麼多錢，你意見這麼多，乾脆別吃了。」

「……對不起。」

「喂，小光！一個人只能吃一個！小心別把你的口水沾到別的丸子上！」

「我知道。」

弟弟和妹妹像平時一樣吵吵鬧鬧的，把丸子吃完了。小明緊張的觀察著事情的發展。

「會怎麼樣呢？不知道接下來會怎麼樣？」

不過變化很快就出現了。向來愛撒嬌的小光突然露出成熟的表情向小明道謝。

「小明，這丸子真好吃，謝謝你。你還會帶禮物給大家吃，你真乖。」

「小、小光？」

小明沒想過小光竟然會說這種話。

小明納悶的眨著眼睛，沒想到雙胞胎妹妹也對他露出溫柔的笑容說：

「對啊，小明，你真乖。」

「真乖，真乖。」

雙胞胎妹妹摸著小明的頭，他突然感到不寒而慄。

這是怎麼回事？自己簡直就像是被裝扮成弟弟、妹妹的外星人包圍了。雖然他們的外表和原本的弟弟、妹妹一模一樣，但心裡面完全是另外一個人。不，也許這就是兄弟丸子的效果，必須測試一下才知道。

小明故意對小光說：

「我想看一個電視節目。」

「是嗎？好啊，我們就看你想看的那一個節目吧。」

小光很乾脆的點了點頭，小明目瞪口呆。小光是個電視兒童，平時絕對不准別人碰遙控器。這的確不太正常。

小明覺得有點可怕，忍不住後退。

「呃，我看、我還是不要看電視了。……對了，我要去圖書館還書了。」

沒想到雙胞胎妹妹卻開口了。

「圖書館？小明，你不必去啊。」

「我們去就好了……不，小光，你去好不好？」

「好啊。」

小明聽了弟弟、妹妹的話，忍不住瞪大了眼睛。

「美音，你們在說什麼啊？還有小光，你不是最不喜歡一個人出門嗎？」

「小明，去圖書館還書根本是小事一件啊。」

「對啊，小明，你今天有點怪怪的。」

美奈、美音和小光笑了起來，似乎覺得很滑稽。

小明驚訝不已，但終於恍然大悟。他想起弟弟、妹妹從剛才就沒有叫他「哥哥」，原本以為他們叫他「小明」是故意整他，但顯然不是這樣，對他們來說，小明已經不再是「哥哥」，而是比他們年幼的弟弟「小明」了。

兄弟丸子真的發揮了效果。

小明終於了解狀況了。

「那要不要大家一起去圖書館？」

「這個主意也不錯。」

「對了，小明，回來的路上買洋芋片給你，好不好？」

「什麼？美奈，你要買餅乾給我嗎？」

「嗯，昨天我把你的那包洋芋片吃完了，所以要補償你。」

「謝……謝謝你。」

這種感覺太奇怪了，但小明覺得很不錯，至少弟弟和妹妹以後不會央求自己：「買點心給我！」

他們四個人一起出了門。外出的時候，弟弟小光一直牽著小明的手。小光以前向來很討厭和別人牽手，這讓小明覺得很奇怪，沒想到小光還對他說：「你看，要小心點，不要走在車道上。」

「原來不是我牽他的手，而是他主動牽著我的手在街上走路呢！」小明心想。

一路上，小明繼續被他們當成弟弟。美奈真的買了零食給小明，美音也說：「如果你想看什麼漫畫，我可以買給你喔。」回到家之後，也讓他最先玩遊戲，還把喜歡吃的菜分給他。弟弟、妹妹們都無微不至的照顧他。

更棒的是，連爸爸和媽媽也把小明當成最小的兒子看待。平時吃完飯，都是由小明負責收拾桌子，今天媽媽卻叫小光收拾。小光向媽媽抗議，媽媽只說了一句：「小光，你是哥哥啊。」

爸爸也語氣溫柔的對他說：「小明，功課有沒有什麼不懂的地方？要不要爸爸教你？」雖然不久之前，爸爸才很嚴厲的對小明說：「你已經長大了，以後要自己完成功課。」

大家都對自己特別疼愛，沒有人再對他說「因為你是哥哥」這種話。簡直太棒了！

好久沒有這麼高興了，這一天，小明帶著笑容進入了夢鄉。

就這樣過了一個星期，小明的心情很鬱悶。

難道是兄弟丸子的效果消失了嗎？

不，根本沒這回事。兄弟丸子的效果至今仍十分顯著，但這正是讓小明悶悶不樂的原因。

起初很不錯，小明的各種要求都能得到滿足，不管吃點心還是吃飯時，都可以比弟弟和妹妹多分到一些想吃的東西。即使故意搗蛋，爸爸、媽媽也只是輕聲細語的對他說：「不可以這樣喔。」

一開始，小明的確覺得能當家中最小的弟弟太棒了。

但是，之後就漸漸感到不自在。因為在弟弟、妹妹眼中，他好像是什麼都不會的小弟弟，簡直像小嬰兒一樣。

雙胞胎妹妹會對他說：「啊，把嘴巴張大」，搶著餵他吃飯。小光也自以為是小明的哥哥，還對他說：「小明，你要聽話。」，這種狀況簡直糟透了。

即使他叫大家別再玩了，也沒有人聽得懂他在說什麼。即使告訴他們，自己才是哥哥也沒用。對弟弟和妹妹來說，小明就是「最小的弟弟小明」，而且他們還用會娃娃音對他說：「小明明，你為什麼這麼不高興呀？」

小明很喜歡看恐怖片，但爸爸媽媽說：「看這麼可怕的電影，晚上會睡不著。」，所以不讓他看。他想要買新文具，結果大人也拿小光用過的文具給他。零用錢的金額也減少了，媽媽說，小孩子不需要太多錢。

小明很煩惱。

雖然他的確想試試當弟弟是什麼感覺，但現在這種情況也未免太過頭了。弟弟、妹妹們整天黏著他，讓他覺得很可怕，而且很多事也都無法順心如意。

而且小光突然變得很有哥哥的樣子，說什麼「人生在世，我想體會各種經驗」，也讓小明覺得超不高興。

讓小明最不開心的就是零用錢的事！

雖然以前當哥哥的時候，無論什麼事都必須忍耐，但現在小明卻很懷念那段日子。他覺得那時候無憂無慮，行動也很自由，心情也好多了。

100
CAR

他很想恢復原狀，卻不知道方法。他想問柑仔店的阿姨，但這個方法也行不通，因為他完全不知道那家店在哪裡。雖然他四處找過那家店，卻一直沒找到。

唉，到底怎樣才能讓兄弟丸子的效果消失？

他失望的回到家裡，發現全家人都在客廳。

「小明，你回來了。」

「小光買了點心回來，大家正在吃點心。」

「小明，也留給你一份，你趕快來吃。」

「很好吃喔，你趕快來吃。」

我不想吃。小明想要冷冷的回答，但是，他一看到遞過來的小碟子，心跳立刻加速。

小碟子裡裝了花林糖。灑了黑糖的花林糖看起來很普通。但是，小明的雙眼緊盯著花林糖。啊，這種感覺——這種令人心跳加速，靈魂好像被吸走的感覺，和他之前看到兄弟丸子時一模一樣。

「小、小光……你在哪裡買的？」

「柑仔店，我第一次去那家店，但那家店很神奇喔。」

「該不會有一個很高大的阿姨？」

「對啊，有一個又高又大的阿姨。」

沒錯！是那家店的零食！就是那家柑仔店！

小明腦筋一片空白。吃了花林糖，丸子的效果可能會消失！

小明的腦袋中想到這件事，馬上從媽媽手上搶過小碟子，一把抓起花林糖。

小明把一個又一個花林糖放進嘴裡，根本沒有仔細嚐味道。

「無論如何，都要趕快吃。」他想。

當他把所有花林糖都吃完時，才終於回過神。他回頭一看，所有人都驚訝的看著他。

「不需要這樣狼吞虎嚥啊。」

「對啊，小明，你的吃相太難看了。」

「小明……？」

聽到美音和美奈還是這麼叫他，小明很失望。原本以為花林糖可以消除兄弟丸子的效果，沒想到吃了花林糖後，雙胞胎妹妹竟然還是叫他「小明」。

小明感到背脊一陣寒意。

這個花林糖到底有什麼效果？

接下來會發生了什麼事呢？

小明在隔天恢復了「最年長的哥哥」身分。

但是，第二天他變成「媽媽」，第三天變成「雙胞胎的姊姊」；第四天變成「最小的弟弟」，第五天又變成了「爸爸」，必須出門上班。

原來，小光買回來的是每天都會交換身分的零食——「輪流角色扮演花林糖」。

中村明。十一歲的男孩。平成三年的十元硬幣。

6 木乃伊彈珠汽水

「姊姊最近好奇怪。」櫻子忍不住這麼想。

姊姊悠里自從讀高中後，很在意自己的外表。不僅開始化妝，還迷上了那些據說有美容效果的食物，甚至用零用錢買了健身器材。

她最近更迷上了減肥。

悠里本來就不胖，應該說，她的身材剛剛好；但她卻認為自己很胖，還失去理智，為了「一定要瘦下來」，幾乎連飯也不吃。

櫻子有點看不下去，而且也很擔心。繼續這樣忍著不吃東西，精神也會出問題。姊姊在家的時候幾乎都把自己關在房間裡，根本不出現在家人面前。

「姊姊似乎已經回家了。真希望姊姊能夠恢復以前的樣子。」櫻子帶著不安的心情回到家裡，看到門口有姊姊的鞋子。

「我回來了。」

她向姊姊打了聲招呼，但姊姊沒有回答。她一定又待在自己的房間裡。媽媽也不在家，應該是去上班了。

櫻子嘆了一口氣，走去廚房，準備為自己做鬆餅當點心。鬆餅也是悠里最愛的點心之一，以前如果問她：「姊姊，你要不要吃？」姊姊可能會說：「分我一點。」

唉，以前櫻子都很不想把點心分享給別人，但是現在又很想分給姊姊吃。

「姊姊的狀況絕對不正常。」

櫻子自言自語著，一邊從冰箱裡拿出牛奶和雞蛋。

不一會兒，她完成了香噴噴的鬆餅。漂亮的金黃色鬆餅看起來很蓬鬆，連她自己也很滿意。

「完成了！」

她把鬆餅分成兩份，加了滿滿的奶油和楓糖漿，走到二樓。來到悠里的房間門口時，她站在門外問：

「姊姊，我做了鬆餅，你要不要吃一點？」

但房間內沒有反應。

「姊姊，你不在房間嗎？」

櫻子隱約有一種不祥的預感，鼓起勇氣打開了門。

房間內很亂，到處都是減肥食品的型錄和減肥書，根本連站的地方都沒有。

悠里果然不在房間裡，但櫻子隱約感覺房間裡有什麼動靜。疊在一起的凌亂雜誌堆下隱約傳來「咻呼咻呼」，好像呼吸的聲音。

「姊……姊姊？」

雖然覺得不可能，但她的雙眼還是無法離開那疊雜誌。

咕哩。

櫻子吞著口水，輕輕伸出手。一本、兩本……，她把雜誌一本一本拿開，發現下面出現了一根像樹枝般棕色的東西。

「……？！」

櫻子嚇得倒退好幾步，連後背撞到了書桌，她卻完全不覺得疼痛。

雜誌下面出現一隻乾瘦的手，那隻手已經變成乾枯的棕色，手指像鉛筆一樣細。

「姊姊的房間裡為什麼會有這種東西！不行，要鎮定，這一定是姊姊在惡作劇吧！她一定躲在哪裡偷看我，等著看到我上當，一個人在那裡偷笑！」

櫻子努力這麼告訴自己。就在這時，棕色的手指動了一下。

「哇啊啊啊啊！」

櫻子癱坐在地上，她雙腿發軟，根本沒辦法站起來，但手腳還是拚命掙扎，試圖逃離這裡。

SAUNA
slim

這時，她的指尖摸到了什麼硬物。

她發現地上有一個深藍色和金色相間的瓶子，那個瓶子的形狀很奇怪，長得好像埃及金字塔的木乃伊棺材。瓶子上方的部分和法老王圖坦卡門的面具一模一樣，而且上頭好像撒了一把星星似的，閃閃發亮。

櫻子心跳加速，但還是拿起瓶子。她情不自禁仔細打量那個瓶子，瓶身上貼了一圈標籤，上面大大的字寫著「木乃伊彈珠汽水」。

「木乃伊……彈珠汽水？」

櫻子舉起瓶子看了一下，裡面是空的。她把瓶子翻過來，發現背面標籤上有密密麻麻的小字。櫻子瞇起眼睛，仔細看著上面寫的內容。

太古的祕藥木乃伊彈珠汽水！古埃及的法老王御用的飲料。只要喝下這一瓶，就可以活幾千年！推薦給想要快速瘦身的人飲用，但如果一口氣喝超過三分之一，就會立刻變成木乃伊，所以要注意飲用量！

「姊姊！」

櫻子慘叫起來。

就是這個。姊姊一定是喝了這個「木乃伊彈珠汽水」，而且她

一定是一口氣就喝下了一整瓶！所以，那隻棕色的手是姊姊的手嗎？那就糟糕了！

櫻子慌忙把所有的雜誌搬開，結果看到了一個瘦得又乾又扁，簡直和木乃伊沒什麼兩樣的人。那個木乃伊人躺在地上，她和悠里一樣，都有一頭染成棕色的頭髮，身上穿著悠里學校的制服。她的皮膚又乾又皺，完全沒有一點肉，渾身只剩下皮包骨——啊！姊姊真的變成了木乃伊。

「姊、姊姊！笨蛋！笨蛋笨蛋！竟然瘦成這樣！到底哪裡好看！一點都不好看啊！」

櫻子既害怕又懊惱，也很傷心，她抱著木乃伊放聲大哭起來。

「咻呼。」悠里木乃伊吐出微弱的一口氣。

姊姊還活著！也許有辦法可以讓姊姊恢復原狀！

櫻子再度拿起那個木乃伊彈珠汽水的瓶子，仔細閱讀。她發現瓶底有一張小貼紙，上面寫了以下的內容。

如果遇到困難，請撥電話至2999-○○○○。

姊姊的手機剛好放在書桌上，櫻子立刻拿起電話，撥打那個號碼。

鈴鈴鈴，鈴鈴鈴。

拜託，趕快接電話。

櫻子覺得等了很久，但總算聽到喀答一聲，有人接起了電話。

「喂？」

電話中傳來一個女人的聲音。

「啊，喂，喂？」

「請問有什麼事嗎？」

「救命啊！請你救救我姊姊！」

櫻子不顧一切的大喊，她一口氣把話告訴電話中的女人：「我姊姊喝了『木乃伊彈珠汽水』，變成了木乃伊，無論如何，希望你可以救救我姊姊。」

電話中的女人聽完之後，氣定神閒的回答：

「原來是這樣，我很想救你姊姊，但是如果不快一點的話，恐怕就會很不妙喔。」

「啊？」

「你那裡是不是有一個『木乃伊彈珠汽水』的瓶子？飲料喝完後，過一個小時，瓶子就會變成棺材，它會把變身完成的木乃伊關進去，然後她就會沉睡兩千年。」

「開、開什麼玩笑！那我該怎麼辦？」

「好、好，我現在教你怎麼做『恢復原狀藥』，你要仔細聽喔。」

「好，好！啊，你等一下！便條紙！便條紙！」

幾分鐘後，櫻子拿著便條紙衝進廚房，在家裡最大的鍋子裡裝了半鍋水，並放在瓦斯爐上煮起水來。

「呃，要加五大匙鹽和兩杯油。杯子！……杯子在哪裡？」

咚！噹！

櫻子太著急了，摔破了好幾個杯子和盤子。她的手在發抖，也差一點搞錯分量。

「鎮定一點！沒問題的！現在應該還來得及！」櫻子對自己說。

她按照電話中的那個女人告訴她的方式，把麵粉、油、鹽和砂糖等全都倒進了鍋子。

「然後還要加牛奶。不會吧！居然沒有牛奶了！」

「啊，剛才做鬆餅時已經把牛奶用光了。」

怎麼辦？櫻子差一點就要抓狂了，但她立刻恢復鎮定，衝出家門。騎腳踏車去最近的便利商店要十分鐘，但如果用盡渾身力量用力騎車的話，也許五分鐘就可以回到家！

正當她跳上腳踏車時，鄰居家的爺爺走了出來。

「嗨，櫻子，你要出門嗎？」

「三輪爺爺！」

櫻子靈機一動，把腳踏車丟在一旁，跑向三輪爺爺。

「爺爺！你家有牛奶嗎？借我牛奶，等一下我去買新的還給你。」

「嗯嗯？喔，是嗎？你進來吧。」

三輪爺爺慢吞吞的走進家門，櫻子跟著他走了進去。

他走去廚房後，在冰箱裡翻找起來，然後拿了一瓶麥茶遞給著急的櫻子。

「來，茶給你。」

「我不要茶！我要牛奶！如果有牛奶，先借我用一下！」

「嗯？你想喝熱的嗎？」

「不是！我要牛奶！」

櫻子大聲喊叫的同時，差一點哭出來。慘了，這個爺爺耳朵不好。早知道剛才應該直接去便利商店，但現在已經來不及了！

番茄醬、冰淇淋、優格……三輪爺爺拿了一大堆錯誤的東西出來，最後終於拿出牛奶。櫻子一把搶了牛奶過來，以飛快的速度跑回家裡。

回到廚房，瓦斯爐上的水已經燒開了。她慌忙關了火，然後倒了一杯半牛奶進去鍋子裡，最後再丟入許多冰塊就完成了。冷卻。櫻子不斷加入冰塊，得讓鍋子中的液體冷卻到冰塊不再繼續溶化為止。

冰塊終於不再溶化。完成了一大鍋白色黏稠的液體。

完成了！雖然櫻子也搞不清楚狀況，但她終於完成了電話中的女人教她製作的東西！

櫻子端著冷卻的鍋子，衝上了二樓，又衝進了悠里的房間。一進房間，她立刻嚇到了。

一個巨大的埃及法老王棺材豎立在房間中央，玻璃棺材和木乃伊彈珠汽水的瓶子一模一樣，上面的法老王圖案露出可怕的笑容。

棺材蓋子慢慢打開，發出嘰嘰嘰的聲音——那個棺材想要把姊姊關進去！

「絕對不能讓你得逞！」

櫻子把鍋子裡的東西往姊姊身上一倒。

嘩！

黏稠的液體全都倒在地上躺著的悠里身上。

「喔喔喔喔！」

法老王的棺材發出懊惱的聲音，用力向後一倒。棺材立刻粉碎一片，玻璃碎片閃著光，飛向空中，然後消失了。

櫻子無力的癱坐在地上。剛才在千鈞一髮之際，終於擊敗了可怕的東西。

「對了！姊姊！」

她慌忙查看倒在地上的悠里。

悠里全身都是白色黏稠的東西，整張臉都看不到了，簡直就像是一個人形的果凍。

櫻子想幫姊姊把這些黏稠的東西擦掉，這才發現黏稠物似乎已經變得稀薄——不，不是變稀薄，而是不斷被悠里的皮膚吸收了。

接著，悠里的樣子漸漸出現了，身上的皺紋消失，原本乾枯皮膚上的棕色漸漸變淡……像骷髏般的臉也漸漸恢復了豐腴。

櫻子渾身發抖的看著眼前這一切變化。

悠里終於恢復原狀，醒了過來，她眨了幾下眼睛，抬頭看著櫻子。

「櫻子？」

「姊姊！」

櫻子「哇！」的大叫一聲，緊緊抱著悠里。即使這樣抱著，也

完全不會再覺得悠里只剩下皮包骨。櫻子可以感受到姊姊肌膚的溫度和光滑，這件事讓她高興得想跳起來。

悠里有點茫然，但換了衣服，吃了櫻子做的鬆餅後，心情似乎終於平靜下來。櫻子看到姊姊差不多恢復了，才終於開口問她：

「所以呢？為什麼會變成這樣？你趕快告訴我。」

「嗯。」

悠里乖乖點頭。她似乎已經徹底反省，絲毫不敢反抗櫻子。

「我在放學回家的路上想去書店，看看有沒有新的減肥書。但身體有點不舒服，昏昏沉沉的……當我回過神時，發現自己站在一個陌生的地方。那是一條昏暗的小巷，巷子內完全沒有人，但不知道為什麼，那裡竟然有一家柑仔店。」

「你就進去了嗎？你不是在減肥嗎？」

「我當然完全不想進去，但是，當我回過神來，發現自己看著那些零食出了神。因為那些零食都很神奇……」

「神奇？」

「不是看起來很好吃……那種興奮的感覺，就好像發現了寶藏，你應該沒辦法體會。」

「有哪些零食？」

「都是以前沒看過的零食。『轟隆隆打雷糖』、『千金小姐燒』、『鐵人堅果』、『分分果凍』、『推理塔』、『自信滿滿小饅頭』、『亮晶晶羊羹』……。」

悠里說，那裡的神奇零食不計其數。

悠里看著那些零食出了神，接著一個女人突然出現在她面前。

「該怎麼說……那個女人感覺很強大，穿著紫紅色和服，一頭白髮上插了很多髮簪。」

「那不就是個老奶奶嗎？」

「不是，完全不是。雖然她的頭髮全都白了，但臉看起來很年

輕，而且很胖，也很高……我覺得自己好像變成了一根小樹枝。」

那個女人輕聲的對悠里說：

「歡迎光臨，幸運的客人。這裡是錢天堂，這裡可以為幸運的你實現心願。你想要什麼，儘管說出來。」

悠里身體發著抖，小聲的說。

「她的聲音聽起來很溫柔，但又很可怕。雖然可怕，我……還是回答她我想要變瘦。」

那個女人聽了悠里的話，微微皺起了眉頭。

「你想要變瘦？你現在不是已經很瘦了嗎？」

「我現在還太胖！……我不喜歡！」

「是喔。」

女人低頭打量悠里，然後嘀嘀咕咕說：

『苗條香蕉』、『模特兒巧克力』、『細枝餅乾棒』，這裡有很多可以減肥的商品，但如果要實現你的願望，這些商品不太夠力。既然這樣……那要不要買可以讓你瘦得很澈底的終極飲料——『木乃伊彈珠汽水』？」

女人說完，從後方拿出一個瓶子。悠里說，她一看到那個好像人偶形狀，發出閃閃光芒的瓶子，就好像被雷打到了一樣。

「我不知道該怎麼說，反正一看到那個瓶子，我就覺得自己終於找到了，覺得它就是屬於我的，那個瓶子是為我準備的。」

「就是『木乃伊彈珠汽水』嗎？」

「嗯。」

那個女人把瓶子遞給悠里時，小聲的對她說：

「這是根據古代埃及的法老王喜愛的祕藥改良製作的，只要按照正確的方式喝下去，就可以想瘦多少就瘦多少，而且保證健康安全，更可以活好幾千年。怎麼樣？只要一百元。」

悠里立刻拿出皮夾，拿出了一百元。女人心滿意足的點了點頭。

「這的確是今天的寶物，昭和六十一年的一百元硬幣。」

「寶物？」

「對，只有擁有這個一百元硬幣的人才能成為錢天堂今天的客人。不過，這種事和你無關。但是，你要記住一件事：『木乃伊彈珠汽水』原本的目的是為了永久保存身體，雖然可以用來減肥，但飲用量要格外小心，了解嗎？」

那個女人雖然說了奇妙的話，但悠里完全聽不進去。她已經完全被「木乃伊彈珠汽水」吸引了。

「於是，我馬上衝回家，打開了木乃伊彈珠汽水的蓋子。」

一打開蓋子，就有一個像紫色肥皂泡泡的小氣泡從瓶口溢出來。

「我試著喝了一口，發現它超好喝。雖然是汽水，但完全不會刺激喉嚨，喝起來是萊姆口味，很清爽，酸酸甜甜的，再多我也能夠喝下去。」

悠里咕嚕咕嚕喝了下去，可以明顯感覺到身體變瘦了。一照鏡子，發現身上的肉真的不見了。

悠里太高興了，拿起木乃伊彈珠汽水繼續喝了起來，身材終於瘦得讓她感到滿意。

「已經夠瘦了，不需要再喝了。」當悠里想要停止時，這才發現一件可怕的事——她已經無法停止不喝木乃伊彈珠汽水了。

而且，身體開始產生奇怪的感覺——她覺得身體不是在變瘦，而是開始變「乾」了。

悠里又去照鏡子，她在鏡子裡看到自己慢慢變成木乃伊。

「我嚇死了，認真覺得不可以繼續喝了，但只能眼看著自己慢慢乾枯，就是停不下來。你能夠體會皮膚變得像枯葉一樣乾枯，緊黏著骨頭的感覺嗎？根本不是全身發毛而已。等到終於把整瓶汽水都喝完時，全身的水分也都被吸乾了，我就倒在後面那堆雜誌上……如果不是你來救我，我就會一直是個木乃伊了吧。」

聽到悠里道謝，櫻子情緒激動的說：

「姊姊，你真的要好好謝謝我。我剛剛真的嚇死了，家裡竟然有木乃伊，簡直糟透了。你要記取教訓，下次別再減什麼肥了。」

「嗯，我絕對不會了。」

悠里向她保證。

「你能夠體會木乃伊的心情嗎？雖然身體完全沒有任何地方會痛，卻沒有力氣，全身都乾巴巴的，真的超可怕。我終於知道，如果一直減肥，就會變成那樣。變成那樣的話，即使活著，也完全沒有意義。以後我會乖乖吃飯，認真運動，做好健康管理。」

「嗯，這樣才對嘛。」

櫻子也點點頭。

之後，悠里開始正常飲食，全家人都鬆了一口氣。

不過櫻子忍不住想：姊姊去的那家柑仔店好像很好玩，我也想去，我相信一定有屬於我的零食。那裡絕對有！

那天之後，櫻子開始蒐集一百元硬幣，希望有一天可以走進那家神奇的柑仔店。

小暮悠里。十五歲的女高中生。昭和六十一年的一百元硬幣。

番外篇　尾聲

這天深夜，有一個人獨自走在黑暗的街上，她是錢天堂的老闆娘紅子。她緩緩走在沒有路燈的漆黑街頭。

她突然停下了腳步。

「啊喲，這不是倒霉堂的澱澱嗎？好久不見了。」

紅子打招呼後，一個人影從黑暗中竄出來。

那是一個皮膚白皙，深藍色的頭髮剪成妹妹頭，身穿著黑色和

服的少女。她的手上拿著一枝捕蟲網，脖子上掛著蟲盒。蟲盒裡有很多黑色的蟲子。

紅子看了之後笑了笑。

「你蒐集的不幸蟲真不少啊，又可以拿來做很多零食了。」

「哼，我要怎麼使用這些抓到的不幸蟲和你沒關係。」

倒霉堂的澱澱冷冷的回答。

紅子微微偏著頭問：

「你心情好像很差，發生什麼事了嗎？」

「上次，店裡的客人來哭訴，就是買了『稻草人形燒』的年輕

人……」

「喔，只要吃了之後，就可以具備詛咒憎恨對象的能力。」

「對，那是我店裡的熱門商品。那個年輕人一開始也很順利，但是聽他說，突然有一個金色的妖怪冒了出來攻擊他，叫我幫他處理。我把他轟了出去，說這根本不關我的事……那是你店裡的零食惹的禍吧？」

「嗯……你說呢？」

「你不要裝糊塗，我們差不多該好好談一談了吧？」

澱澱用手指著身體差不多是她兩倍的紅子。

「你出售的幸運，到底是真正的幸運或是不幸，取決於購買的客人。我覺得這根本太無情了，而且老實說，我覺得這件事很過分。」

「啊喲，你對本店做生意的方式不滿意嗎？」

「對，我很討厭！我討厭這種不乾不脆的事。到底出售的是幸運還是不幸，要就乾脆點，真希望你稍微學一下我店裡做生意的方式。我從開張至今，就一直走惡意的路線。」

「你這麼說，我也……嗯，澱澱，你為什麼決定出售惡意？」

「那還用問嗎？」澱澱回答，「因為會很開心啊！看到人類內心那種黏答答的惡意不斷膨脹，簡直是全天下最開心的事。」

倒霉堂的溅溅冷笑之後，瞪著紅子說：

「紅子，你別想阻止我。有很多客人都想買我的商品。」

紅子微笑著說：

「我沒有理由阻止你，錢天堂和倒霉堂的商品完全走不同的路線，我完全不認為你是我的競爭對手。」

「哼！」

「但是，」紅子又繼續說了下去，「可不可以拜託你一件事？即使今後我店裡的零食打敗了你的商品，你也不要恨我。」

「打敗我？你的意思是說，你比我更有實力？」

澱澱目露凶光，伸出舌頭舔著嘴唇。

「真有意思，太有意思了。要用零食來論高下、比輸贏？那我可要花點工夫，好好做零食了。紅子，那我就先走了。我話說在前面，我絕對不會輸給你。下次我會來看你懊惱的表情。真期待，啊，真令人期待。」

澱澱發出刺耳的笑聲，消失在黑暗中。

紅子突然笑了起來。

「怎麼搶了我要說的話呢？」

紅子朝向和澱澱不同的方向邁開步伐。

神奇柑仔店3
誰需要除皺酸梅

作　　者｜廣嶋玲子
插　　圖｜jyajya
譯　　者｜王蘊潔

責任編輯｜楊琇珊
封面設計｜蕭雅慧
電腦排版｜中原造像股份有限公司
行銷企劃｜葉怡伶

天下雜誌群創辦人｜殷允芃
董事長兼執行長｜何琦瑜
媒體暨產品事業群
總經理｜游玉雪
副總經理｜林彥傑
總編輯｜林欣靜
行銷總監｜林育菁
副總監｜李幼婷
版權主任｜何晨瑋、黃微真

出版者｜親子天下股份有限公司
地址｜台北市104建國北路一段96號4樓
電話｜（02）2509-2800　傳真｜（02）2509-2462
網址｜www.parenting.com.tw
讀者服務專線｜（02）2662-0332　週一～週五：09:00~17:30
讀者服務傳真｜（02）2662-6048
客服信箱｜parenting@cw.com.tw
法律顧問｜台英國際商務法律事務所・羅明通律師
製版印刷｜中原造像股份有限公司
總經銷｜大和圖書有限公司　電話：（02）8990-2588

出版日期｜2019年6月第一版第一次印行
2024年7月第一版第三十七次印行
定　　價｜280元
書　　號｜BKKCJ059P
ISBN｜978-957-503-410-8（平裝）

國家圖書館出版品預行編目資料

神奇柑仔店3：誰需要除皺酸梅／廣嶋玲子文；jyajya 圖；王蘊潔 譯. -- 第一版. -- 臺北市：親子天下, 2019.06
200面；17X21公分. --（樂讀456系列；59）
譯自：
ISBN 978-957-503-410-8（平裝）

861.59　　108006444